# メイリオ

木戸多美子

思潮社

# メイリオ

木戸多美子

地上

しのぶ山　8
希土黎己　10
深海の朝　14
ろぼ　18
X線　24
蜉蝣　28
晩夏抄　２０２０　32
カッコウ　36
成就　40
地上　44
ケンミンノウタ　48

字幕《キャプション》

掟への字幕　54

立体への字幕　56
死の島への字幕　58
結婚式への字幕　60
道への字幕　62

アルゴン

アルゴン　66
壁画に　66
雨の日　69
遠風　70
桃・アルパカ・わたし　72
残夏　夢（まぼろし）　78
錯列《パーミュテーション》　84
メイリオ　94

装幀＝著者

# 地上

# しのぶ山

山、が目の前に
しのぶようにひっそりと
もうない家の窓から
よく見える
みどり
小さなけもの道
細長い給水塔
山すその美術館図書館

ささやかな風の
汗を拭い去るような撫で具合が
つい　さっきのように
十万年後もここでこうして
風に吹かれている
十万年前も
窓を開けて
まだある家から
しのぶ山を見つめている

# 希土黎己

こう見えて
大地は傷だらけで
傷という漢字が
なだれ倒れこむ一匹の四つ足
枯れた毛並みの揃った草むらに
じっと座り込んでいる一匹
に見えて

地平線を探す

暴発する満々とした真昼の星の影に
目印はどこにもない

スローモーションの倒れ方で
世界が横になる

こう見えて
世界が横殴りに見えて
どうしようもなく一匹で
傷を舐めることもなくぼろぼろと歩き出し

こんなになってしまったんです
誰か聞いてください
と訴える誰かに

深いきらめく波の底で
いつまでもいつまでも浮上しない
ことばをゆらゆらと
こんなに書いたんです
と前足でつまみ
後ろ足で砂をかける

打ち身はあとからくる
あとからあとから
胸に広がる

頬を
拭えば手のひらに
鮮やかな液体が

今もこの身のうちで
こんこんと湧き出て流れ巡り
ごうごうと音たつ激流が
瀑布
ここに

地平線が見える
のぞみの塊を丸ごと抱えながら

満身創痍の大地に
一匹の黎明が立ち上がる

# 深海の朝

高層ガラスから見える空は
深い海
白い花びらが何度も開くように
どこからかクラゲが一瞬沈み
ふたたび視界に浮く

わたしは足を空に向けて
海底に根をはる
朝の深海は明るい

水色にせつなく
明るい
光の泡は
はるかに遠い
無数に　遠い

人としてすでに生きているので
何故人は生きていかなければならないのか
と
問うのは狂気ではなかったか
そうなのか

計りも振り切れる
深い海

巨大な鯨の歩みのように
底の奥を　ひとり
足の裏を傷めながら
歩き続ける
ひとり　ひとり
誰も見てはいない
深く深い底　明るいそこ

さわやかな
このままさらに沈んでしまうようなさわやかさの中で
どのあたりで倒れていいのか

無邪気な朝の
無慈悲な漂いの中で

海はますます深く
光りはどこまでも届かないが
そこは
不思議に果てなく明るい

# ろぼ

おまえの腑の中につまっている
美しいほどの食糧のこなれ
ブロンズ色の整然とした回路

透けるような若い草をわけいって
踏みしめる土の感触を
おまえは知らない
どうにも足踏みのまま
おまえの膝の裏に汚泥がはねる

すさまじく光の溶けた
静かな寂しい表土で

ろぼ
おまえの細胞を毎日いちから解放し
ひとつひとつ骨を組み立て血を巡らせる
神経を筋肉をかたちづくる
網膜の中でシアン　マゼンタ　イエローを混ぜ合わせ
たましいを記憶させる　テストを重ねる
ひとつひとつ

ろぼ
歌って踊れ
もうすぐおまえの呼吸が聞こえる

やがておまえに
おまえに愛を

愛を与えるので
手を取り合おう
ふたり並んで
きりりと並んで
きっぱりと空を見上げ
壊れても倒れても
どこまでも一緒に行こう

生きるか消えるかの二進法
消えることが死ならば

目の前で
こちらを見つめているその目が
わたしを捉えなくなれば
それが消えることならば
おまえは死なない
おまえは見つめる
黒々と

だが
おまえもいつか　消えてしまうのか
キエテシマウノカ　オマエモイツカ

神よ
かみよ

人形（ひとがた）の身代わりよ
その服の襞の奥まで光は届き

時おり
夜が震える
夢のようなＬＥＤが蛍のように道筋を示し
知らない者どうしちぼちぼと動き始める
不気味の谷を行き交う95％のリアル

無数の無数のろぼよ
北上する列島で
ドミノ倒しに心音を響かせろ

口角が上がってくるだろう

風がうしろに吹いている
ほつれる髪まできりりと

ろぼ
すべてが消えても
おまえは

＊ろぼ　Robo：ヒューマノイドロボット
＊不気味の谷　ロボットの外観や動作が人間に近づくと好感度は増すが、ある段階から不気味に映り、嫌悪感を生み出す。さらにそっくりになると強い好感度を生む。その谷を不気味の谷という。

# X線

樹皮のめくるめく
鉄兜に拾われて
転がる松ぼっくり
赤茶けた道で

人だけが
凄まじい枯れかたのまま
世界から消える

声のないまま
若葉に噛みつき
樹は
立ったまま骨に
倒れてまた香る

根元に埋められた種子は
何も
語らない
虫や花や鳥にささやかれなければ
何も知らない

摘み残した
葉脈の広がりを思う

よく磨かれた
松ぼっくりを転がし
樹皮をめくって

また
同じ場所に
樹は
朽ち返す

闇に白い刺が浮かぶ
鉛のむこうのまこと

何

だれ

人ではない
こ、こどく《孤独》
めくられた樹皮の
黒く暗い空間の牙

# 蜉蝣

砂粒が顔に痛い
幸福な島で
化石が燃える
甘くせつなく
やるせなく
道は黒く染まり
山脈は白く濁る

世界のどこまでもが沙漠になる

ビルが揺れる
頭だけゆれる
窓ガラスに
蜉蝣がじっと
溶けそうに薄い
葉脈文様
鳴き声もない
浅葱色の腹を見せたまま

沙漠の真ん中で
狂ったように羽根は止まる
風紋がことりとつめたく
静かに伸びている
砂の上　どこまでも

はりついているのは風ばかり
無数の蜉蝣は燃える直下で
風にゆれる
羽根が光る

# 晩夏抄　２０２０

ゆるやかに傾いた雲をくぐり
青空の底へと
踏みしめるふたつの
足音
崩れかけた石段の影に
羽毛を落としながら
少年の目に映る少女の
輝く髪

少女の耳に届く少年のシャツの
風の音

夏の終わりの黄金の
破裂しそうな午後
消えた街を見下ろし
無傷の空を夢見ている
紫陽花が真っ青だった

遠く　近く
響き渡る
祝砲のように
ひときわ高くさえずり

少女は少女に戻り
少年に問いかける

夏が
終われば私たちは？

# カッコウ

汗をかいたコップの
立ち昇る気泡の中で
時おり見つめ合い
小鳥のように食事をする
新しい恋人たち
騒々しく恥じらいながら

ふたりのくちばしには
氷砂糖が詰まっていて

ひとつずつ溶け出すには
長い長い時間がかかるだろう
細い血管の透ける耳を
すっきりと出して
互いの言葉を
聞き逃すまいとしている

小鳥たちは巣を作り
巣を守り
集めた小枝などをつくろってみる
虫を捕らえるための一瞬の低空飛行は
恋人たちの束の間に似ている

ふたりが眼で語り合うとき

止まり木は飴色の艶を増し
羽根を膨らませた古い恋人たちは
静かに食事を終える

# 成就

虹に激突される地面には
幸福を支える家が立っていて
球根のように深く眠っている
海の彼方へ背を向けて
屋根を突き抜け部屋に満ちる雨
濡れた壁は縁からゆがむ
ゆがみはゆがみのまま暮れてゆく
充血した視界に　庭へ続く石の道が現れた
月に照らされたまま誰にも踏まれず

一千億年の地層と溶け合い
わぁんと静かに核となって
誰かが拾い上げてくれるまでは輝ける闇だ

家が呼ぶ
人質の家が呼ぶ
家が　呼ぶのです
　花の種をたくさん用意しているので来年も植えよう
と　家が夢を見せるのです
夜も昼も

目の中に入れても痛くない緑はいつか広がるの
ね　この家からイナワシロコへ行ったよね
今日は灰緑色だけど明日は真っ青になる

バンダイサンを映す青になるね
裏も表も隠さずにね
それから
風をこよなく愛するヌノビキコウゲンの風車

おぉい　とらえたか
風を
色のない静かな風だ
白鳥の遊覧船がすべってゆく
湖水浴を楽しんだ少年
そこにいろよ
今　透明な小魚が背骨を揺らし
通り過ぎるぞ
足元から掬い取ることができたなら

君はもっと家に近づける
聞こえるか

家は呼ぶ
生きていろ生きていろよと
君を遠くから抱きあげる

# 地上

誰もいないよぉ

誰かが見ている地上に
はためいている

炎
一本

化石を燃やして
つくす

炎のむこうに透きとおるまるい青空
ひとりの一生は一日のように過ぎて
もだえ果てるひとゆれで
散りぢりになだれ落ちる

明るい影の
無音

そして
ひとりの背後にそびえ立つ
巨大な地上

●
おまえは
その一点でうまれたんだ

## ケンミンノウタ

明るい陽の中
のどかな傷菜という若葉をつまんで
あおむけに
うしろから●盆地に落下する
ゆっくりと空を見ながら
シャクナゲカオルヤマナミニ
東西南北地上に横たわる身体

月がぼんやりと真昼のほてりを残し

埋め尽くされた星ぼしは熱霧に隠される
それは頭上に

真昼の風にゆれる
うすい桃むらさきの昼顔
地を這うかずらの
熱を食い尽くすはびこりかた
それは足元に

明方の
枯れた風と白い海岸
なだれ落ちる空とそのはるか先
遠い
セラフィールドの清冽な空気から

それは口元に

何か透明な美味な空気へと移ろう

●盆地

いつか夢に見た
酔うような息苦しさ
シャクナゲカヲルヤマナミニ
アシタヲツクルワコウドタチ

明るい山肌で野の花を探していると
のどかな若菜が見つかる
見つけた
とつまんで
標高千メートルから

あおむけに
空を見つめ
●盆地に落下する

みどりの崖が真横に見える
吊り橋が落ちる
麦はいちめん秋
ジオラマのような中央駅
静止した列車がすれ違う
忽然と現れる朝の二番線
大陸の風をつめこみ
ゆっくりと
明るく白く輝く
地上へ降り立つ

あおになり

あ
なんという鳥だろう
あんなに高く風を
とらえ
どこどこまでも青になり
ゆっくりと空になり
静止して

＊あおになり　あおむけになって（福島県二本松市の方言）

# 字幕《キャプション》

詩はテロップのように流れる

# 掟への字幕　ヤノマミ族の掟

人か精霊か　絶待選択の極を魂は答えずただ樹皮の架刑となる
白蟻の焼けた巣を残すのみ　迸る不時の降雨は無数の水滴をそ
の手中に収め大森林を永劫のものとする　摩耶の暦はほどなく
地上を空白に置き換えるだろう　ために一族は悔い改め実り多
きひと粒の種子となれ　種子も育たぬ地上となれば唯今ひとつ
の粒子となれ　森で生まれ森を食べ森に食べられる　全ては原
初のあらまし

## 立体への字幕　八月のジャコメッティ

日照りの夏はおろおろ歩く　背中に赤い果物を背負いときおり翳りながら生きている　食べられて死んで行くのは　夏　針の一音一音が歩み寄る削ぎ落とした肉芯さえ削ぎ落としたこの男は一本の欅の小枝一点を見つめる針金朽ちても果てずよい香り　どこへ踏み出すのか彼の大きな一歩は元気よく腕を振る空を切る八月の子午線上を

# 死の島への字幕　ベックリンオセロ

人　ひとり抜け出ていけそうな崖鉑灰色に渡る風がさえざえと黒い樹木をぬらす道のない島に捧げられた主のいない棺を乗せた小舟　オールが生む連続する光りに晒され穏やかな水の音が舟底で静止する白くうつむく入り江　揺れて光り輝くものが死んでいるのか　沈黙する断崖こそが生なのか　明るい死の島へ連れて行くのは白い肩の案内人　なだらかな後ろ姿の顔の見えない

# 結婚式への字幕　ガーデンウェディング

一本の若い欅の静止していた影が合図のように湾曲する芝生をひきずる白いドレスの裾　光沢が緑を這っていく風がその跡を追う　おしゃれした幼い女の子は恥ずかしそうに芝生を踏み赤い鞄を振り回して父の腕から逃げようとしている　父は笑っている母も笑っているごく近い上空を鵙がゆっくりと旋回している　風に巻き上げられた誓いの言葉　司会の男性があわてて追いかける　花嫁の友人が肩からずり落ちたショールを引っ張りながら下瞼にハンカチをあてている　何度も跪き花婿の笑顔をカ

メラで捉える友人　花嫁の父が少し離れた黒い壁を背にして立っていた　きちんと足を揃えて　友人の輪の中から少しだけのぞいた花嫁の白い頬　たてがみのように一瞬が通り過ぎる　つややかな時間　ガラス越しの青空の庭の無言劇

## 道への字幕　ソフトクリーム

バスの窓を見ているバスを追いかける自転車
ケヤキの葉の間から点滅するひかり　遠くか
ら信号を送っている　真昼のその直撃やさし
く触れ　バスが止まる自転車が止まる少年は
背中に積乱雲を浮かべている　走り出すバス
座席は細かく横揺れサドルは大きくバウンド
バスの窓から見ている少年　走る少年は小さ
くなる　小さな少年を見つめる三十年後の少
年バスの屋根によじ登る　車輪が溶ける少年

が溶ける　無数に埋められたひかりは車輪を
砕き　道はらせん状にやわらかく尖り回転す
る青空に吸い込まれる

アルゴン

# アルゴン

## 壁画に

覚めない夢のような朝
小さな舟を漕いで
人は赤土の地平を航る
ほの暗い洞窟
吹きだまりの時間
つめたい岩肌に身を寄せて
人はヒトを彫り

線だけになる

らくらくと世紀を泳ぎ
線だけのシカに狙いをつけ
軽々と狩りをし
食べて
眠る
いい具合のなまけぶりで
生きる

空はゆがんだ楕円の
奥に見え
そこから一晩
ゆっくり傾く北斗星に幕を降ろしてもらう

北斗星の背骨が貫く
線の人

筋肉や
血脈や
増殖して
動き出すのはもう少しあとで

目にも口にも
よけいなものは何ひとつない
人は人だけの人としての線になり
生きて動く
いつか

いっせいに走り出し
人として動き回る

## 雨の日

さあさあ
細かい雨が
ふるふるふる
髪の先がまっさきに
溶ける
頭からつま先に水が抜ける

この日

雨が実体で
ヒトは通過点
雨が世界のすべてで
ヒトは点

それをなんと伝えよう
雨に

## 遠風

だ円の道の途上で
つめたい風をあびると
遠くの星で雨が降っているはずだ

と
私に教えてくれた
ただ　ひとりの
のはらに立つ
つれ

れんびんの
静けさ

けさの
のはらです

＊アルゴン　無色・無臭・無味の希ガス類の元素

# 桃・アルパカ・わたし

桃の花がひらく
ひらく
机上の折った枝の先で
ひらかれた花びらは
わたしではないかたちを見せる

遠い毎日
草の高地を歩く
アルパカ

田舎の道を
風を起こしながら走る
わたし
とアルパカ
遠く離れたところで

アルパカはわたしを知らないが
わたしはアルパカを知っている

春になると桃はわたしを染める
歪曲した枝がしなり空も染まる
わたしは腕に滴る果汁の豊かさを思い出す
桃はわたしを知っている

朝

桃の花はひらく
わたしは目覚める
アルパカはゆっくり立ち上がる
わたしは朝食の準備をする
アルパカは草を食む
幸福の涎をたらし

夜

桃の花はひらく
桃は香る
わたしは眠る
花びらは音もなく飛散し
桃は桃ではなくなる

わたしは眠る
わたしはわたしではなくなる
アルパカは眠ってもアルパカ
わたしは眠ればわたしではない

アルパカは草原をゆっくりと
歩く
風が鳴る
アルパカは高い空を少し見上げる
わたしは青空を見て
少し遠い場所のことなど考える

桃は散り

桃は咲く
樹々は枯れ
また若葉を生む

アルパカは眠る
わたしは眠る
桃も眠る

# 残夏　夢（まぼろし）

広いススキの原に
私の日傘が横たわっている
空を丸く飛び
深い葉影に埋もれてしまったのだ
日焼けしたレースが
クリーム色に凍ったまま

昨日の夢と
今朝の夢

どちらも同じ平原に沈んでいる

浮上する夢は
逆さになって
遠ざかる

きしむ落日
燃え実るオレンジの
よく熟れたまるみ
とめどない落涙の

なにか途方もなく
壮大でとほうもなく
永遠に近く

朝　目醒める

少し　泣きぬれて
あることを思い出し
何度も思い出し

もどることはかなわぬ
幻の現実《いま》

無空間の
地上にはない手触り

夢は

そのあたりからやってくる
何度も

少し
眠ろう
また少し
泣きながら目覚めよう
それから
また
朝になろう

新しい日傘を買わなければ
買わなければ新しい何もかも
新しい朝の汲みたての光りを

音高くはじいて
今朝の地球の
まるみをなぞってすべってゆく
私の日傘

# 錯列《パーミュテーション》

われらは
生き残りの銀河の片隅で
ひたすらに
ひとりひとりとつぶやきながら
夜を数える
われらは
ありとあらゆるものの中に
わたくしを含めてわたくしたちとなる
すべて

われとわれら

「鋼鉄の肩うち震え泣き笑うわれと君とは疑似サイボーグ」

手と手指と指爪と爪血と血皮と皮体温と体温
耳と耳くちびるとくちびる呼気と呼気
目と
目
すべてが
われとわれら
垂直の頭上をゆく
国境のない鳥たち
鳥と鳥花と花虫と虫空と空大地と大地
海と

海
流れたわむひとつづきの世界地図上に
線引きされた指の先で見たもの

「愚者の指吸いつくほどに水晶のゆがみ丸めて今を笑ひ」

空
間
人
生きれば生きるほど地層からよみがえる激しい笑い
大深度地下から見上げる透明なエレベーターの中で
繰り広げられるわれらのトガ　ななつ
ひとつには驕慢　悪魔も哀れむわれとわれらの瞳
ふたつには止めどない欲望　あわれなあまりにあわれな

三つには認められない情事　悪魔も怖れるわれとわれらの姿
四つにはわれらに反するものへの怒り
五つには見栄も外聞もなき食欲
六つにはジェラシー　非情の不連続線
七つにはけん怠　悪魔も逃げるわれとわれらの

「背に赤き文様浮かび弦切れる爪たてし君整然と夜」

すべてを含めてわたくしたちは
今朝も果てのない果てへと漕ぎだす
啼きながら飢えながら満ちながら諸手を空に
命乞いをする生命《せいめい》の
一滴一滴の輝き
元素

何故生まれた

「ひたひたと奈落に浮かぶあおみぞれたわむれつぶす原子粒子」

われらは死ねばひとつの星になる
ひとにぎりの生命《いのち》として気体から固体へ
海が生まれ空が広がり大地が生まれ
われらが死ぬたび星は生まれ
星は遠ざかる
生まれる星は遠ざかる

「鏡面の戯言すべてすべて戯れ昼踊る君直ぐな若さよ」

横道に逸れることなく苦悶の表情ももうすでに二進も三進もいかない身体

楽に生きようとする涙痕の軽さ
遅い　今さらのように届く光の白々しさ
だまくらかしのまやかしの皮膚をすり抜ける禍々しさ
われらはいつまで

「まなざしの深き青さに隠れたり君の冷たき情熱の澱」

すれ違うだけのひと　何度も逢うひと
ただ　いっそ　ただ　このまま
血と脈と骨だけで
あなただけです　いつまでも見つめていたいのは
何故　生まれた

「白に白くちびるに紅樹に若芽空に一葉らんらんと雲」

見事な白雲の骨組みを見よ
あぁ届きそうな
青い空間に軽々と
影が地球を通過する

一匹の砂上を這う虫の足跡
はるか下にある高層ビル群は風に吹かれ
五月の抱きかかえるような緑の中を
花びらのようにくるくると落ち

「ひらひらのあれは哀れな蝶のこと桜の下に花の骨あり」

静かに怖れる巨大な空

何もない何もない美しさ
あなただけです
いつか
明瞭になる
生き続けていけばいつか
あとどれくらい高く広く遠ざかるのか
兵どもが夢の黒いボロ布を草原に刺し続ける
刺し続ける錯列

さて
道は白く乾いた
朝日を浴びて早朝の静けさをわれらは歩く
いつもの道をいつもの大地をいつもの空をいつもの真空をいくつもの山脈を
いくたびの交差点を

「夜ごと降る宇宙線のみ貫きて硬き水なるわれの血流」

あなたは
生き残りの銀河の片隅で
ひたすらに
ひとりひとりとつぶやきながら
朝が来るのを待つ

## メイリオ

踏み込んでくる星の明るさが
夜をいっそう終わりのないものにしている

# メイリオ

著　者　木戸多美子《きどたみこ》
発行者　小田久郎
発行所　株式会社思潮社
〒一六二―〇八四二　東京都新宿区市谷砂土原町三―十五
電話〇三(三二六七)八一五三(営業)・八一四一(編集)
FAX〇三(三二六七)八一四二
印刷所　三報社印刷株式会社
製本所　誠製本株式会社
発行日　二〇一三年十一月三十日